末扮黃門官上 山河小、鐘隱、鳴梢、合 綠滿、宮槐、道、請
了綠槐根裏侍朝班、一點朱衣劍珮環、盡道官除漢
司隸、此間那得似人間、自家周弁是也、平生好酒使
氣、今日大槐安國中、作一司隸之官、統領軍吏數百、
擁衛殿門、有故人淳于棼、新招駙馬、初到朝見、不免
和黃門官在此候駕、

前腔 王插花引老旦扮內官旦貼執符節宮扇
上 素錦、霜袍、未華、玉導、紅雲、曉。槐殿、裏根苗也、引、的
紅鸞、到、朱華一粒戴鼇魚、洞府深深小殿居、開著五
門遥北望、外頭還似此間無、自家槐安國王、有女金
枝公主、去請淳于棼為駙馬、想已到來、不免升殿宣
見、黃門跪介奏知我王、駙馬已到、王著右丞相引他
升殿、黃門應介領旨、

絳都春序 生隨右相上 生 槐陰洞小、怎千門萬戶、九
市三條、猛然百步、把朱門到、段老先生呵、怎生金殿
上鑪烟遶、右 是吾王端嚴容貌、看殿頭左右、金瓜玉
斧明晃、一周遭、生作怕介

前腔 猛然心跳、便衣衫未整、造次穿朝、周弁見介駙

臧曰天顏有喜二句佳

馬行動些、殿上等久、（生）呀、怎生將駙馬來相叫、（低語
介）喜得周弁也在此、向前欲問難親靠、（右）駙馬近前
一同拜舞、丹墀下揚塵舞蹈、（生同俯伏介）（右）微臣奏
復天顏有喜駙馬來朝、（黃）右丞相起、駙馬高聲致詞
右相叩頭呼千歲起立介（生跪高聲奏介）前淮南軍
裨將臣東平淳于棼見（黃門官贊拜興拜興二三叩頭
介）（黃）駙馬俯伏聽令旨、（王）寡人有女瑤芳、封爲金枝

總評恭喜這子得此蟻丈人也今世丈人固如蟻安

公主、前奉賢婿令尊之命、不棄小國、許以金枝奉事
君子、（生俯伏介）千歲千千歲、（王）駙馬且就賓館、（黃門官

唱）（相駕還宮）（內鼓響導王還宮生右相跪送介）殿上
初行叔孫禮、宮裏纔成公主親、（下）

臧曰駙馬暫住東華館令郡主輩探望又攝周田二友同在其國此本傳也唐人小說家周田如是故臨川爲邯鄲南柯二傳奇皆不敢妄有增益而埋伏照

第十二齣　貳館

（丑扮聽事官上）出身館伴使、新陞堂候官、前程螻蟻。
大禮數鳳凰寬。自家槐安國東華館一箇堂候便是、
我王新招駙馬、見朝暫停賓館、今夕良時、往修儀宮
與金枝公主成親、你看一路上擺列金盞銀雁各二
十對、鸞鳳錦繡各百二十雙、妓女絲竹之音、車騎燈
燭之盛、無不齊備、真箇天上牛女、地下螻蟻也。這望

夢鳳按柳浪館本題作上林春誤今從葉譜訂正獨深居本云曲俱到家

獨深居本云按譜南北出隊子俱不合而第一調末

駙馬早到、

【步蟾宮後】【生蟒衣盛服上】平步忽登天子堂、倘兀自意迷心恍、俺淳于棼有何姻緣、得到此間、瞻天仰聖、說及成親一事、承賢婿令尊之命、此語好不曉蹊、我父昔爲邊將、未知存亡、或是北邊番王與這槐安國交好、家父往來其間、致成茲事、也未可知、呀兀的三位女客來了、

【出隊子】【小旦道扮同老旦貼上】鳳冠明漾鳳冠明漾、綵碧金鈿珠翠香、烟絲絲繡帔晚風颺、誰在東華屋裏

言皆蒼蠅附驥、今卻螻蟻附馬、又添一故實矣
臧曰、詞中如卻是淯郎做了阮郎、帽兒光光風流這場、皆曲中本色語也

張、呀恭喜淯于郎到此、（生）羞避（介）（衆）卻是淯郎做了、阮郎、（小旦）淯于郎、（生）作揖（介）（小旦）淯于郎比前與了些、（貼）瘦了些、（老旦）待我向前摸摸他是與是瘦、（生）作羞避（介）（小旦）淯于郎粗中有細、（貼）笑（介）還是細中有粗、（老旦）好一箇赤瑱當五寸長牛鼻子、（生）作不耐煩（介）（老旦）中元之日、俺們禪智寺天竺院看舞婆羅門、足下與瓊英娘子結水紅汗巾、掛於竹枝之上、君獨不憶念之乎、（生）想歎（介）（貼）俺們曾於孝感寺、聽契玄師講觀音經、俺於講下、供養金釵犀盒、足下於筵中

賞歎再三、顧盼良久、頗亦思念之乎、（生）想（介）中心藏之、何日忘之、（小旦）不意今日與此君遂爲眷屬、俺們且去修儀宮相候、（衆）前（合）卻是淯郎做了阮郎、（下）

【前腔】（田子華冠帶引隊子上）綵樓賓相、綵樓賓相、不向天臺向下方、金枝公主字瑤芳、得尙淯于一老郎、他帽兒光光風流這場、（見介）駙馬請上、別來無恙乎、謹奉王命、來爲賓相、（生）子非馮翊田子華乎、（田）便是、（生）子華何以在此、（田）小弟閒遊受知於右相武成侯段公、因而棲託在此、（生）周弁也在此、可知之乎、（田）周

獨深居本云字字逗出

臧「滔于惶惑田生勸解皆有做法

弁貴人也職爲司隸權勢甚盛小弟數蒙其庇護矣生笑介三人俱聚於此庶免羈孤之歎可喜可喜紫衣上駙馬吉時進宮成禮田不意今日覩此盛禮願無相忘便請升車紫衣扶生升車介雜執燈上行介

前腔衆步圍金障步圍金障彩碧玲瓏數里長花燈引道照成行生子華兄嗜端坐車中意惚恍田笑介駙馬亨用禮之當然且自安詳何須悒怏下駙衆上奏樂戲笑介

前腔翠羅黃帳翠羅黃帳夜合宮槐覆苑牆偶然同

向佛前香粉帕金釵惹夢長生衆上介合眼色相將迎歸洞房生衆作引車避看衆旦下介生子華兄那羣姑姊妹各乘鳳輦往來此間便是仙姬奏樂宛轉凄清非人間之所聞聽也田吉時將近便好趲行

前腔生仙音凄亮仙音凄亮來往仙姬輦鳳凰似洞庭哀響隱瀟湘使我心中感易傷田人生如寄聞樂不樂何也休憶人間相逢未央前面修儀宮請下車羣姑姊妹紛然在旁小弟告辭了正是襄王赴神女宋玉轉西家下

可笑淯子此日竟爲花瓣矣

第十三齣 尚主

清江引〔貼衆奏樂上〕仙家姊妹迎仙眷、飛仙鳳凰輦、仙樂奏鈞天、儀從來仙苑、教仙郎下車拜著修儀殿、〔老旦請公主升殿〕

女冠子〔貼持扇遮旦扮公主上〕彩雲乍展、下妝臺回眸低盼、纔離月殿、試臨朱戶、知爲誰繾綣、教人靦腆、〔貼衆笑介〕〔老旦〕請駙馬上殿開扇、〔生上〕天仙肯臨見、好略露花容、暫迴鸞扇、〔合〕這姻緣不淺、金穴名姝、務臺高選、〔老旦贊拜天地介〕〔贊轉向拜國王國母千歲

臧曰詞中如「家近迷樓」一

（介）賀駙馬拜見公主公主答拜（介）內使送酒（介）槐安國裏春生酒花燭堂中夜合歡國主娘娘欽賜駙馬公主合巹之酒（生旦叩頭謝恩介）（老旦）駙馬公主飲合歡之酒（合巹介）

【錦堂月】（畫錦堂）（生）帽插金蟬釵簪寶鳳英雄配合嬋娟點染宮袍翠拂畫眉輕幾（月上海棠）君王命卽日承筐嫦娥面今宵卻扇（合）拈金盞看（少）綠蟻香浮這翠槐宮院

【前腔】（換頭）（旦）羞言他將種情堅我瑤芳歲淺教人怎的支纏院宇修儀試學壽陽妝面號金枝舊種靈根倚

玉樹新連戚畹（合前）（老旦小旦貼背介）

【前腔】（換頭）姻緣向雨點花天香塵寶地無情種出金蓮（回介）偶語低迴一笑鳳釵微顫你百歲生仙宅瓊漿一捻就兒家禁臠（合前）

【前腔】（換頭）（衆）天然主第亭園王家錦繡妝成一曲桃源窅窕幽微樂奏洞天深遠（背介）西明講士女喧壇更華漏王姬築館（合前）（衆）月上了

【醉翁子】（生）簾捲看明月秦樓正滿（生）把弄玉臨風笑拈簫管今晚烟霧雲鬟家近迷樓一笑看（合）曾相見是

笑看又湻于
沾醉晚滅燭
且留殘用得
恰好

獨深居本云
入情
好箇新睡孃

總評湻郎湻
郎今後祇在
蟻窠裏受用
過日子罷了

從來楚漢之
爭夫且如是
真可助達者
一噱也
夢鳳按獨深
居本云此正
以云蟻鬬而
病者以爲牛
也大同小異
耳又西連作
西溢

那一種瓊花種下槐安（生低唱介）

【前腔】真罕一霎兒向宮闈腹坦想二十四橋玉人天遶深淺隻影孤寒怎便向重樓曲戶眠（合前行介）

【僥僥令】槐餘三洞暖花展一天寬記取斜月鸞迴笑歌齁春壓細腰難愁遶山

【前腔】湻于沾醉晚滅燭且留殘試取新紅粗（是夢）如人世顯渾似遇仙還雲雨閒

【尾聲】儘今宵略把紅鸞醮五鼓謝恩了早畫蛾眉去鵷鷺班則怕你雨困雲殘新睡孃

集　帝子吹簫逐鳳凰　斷雲殘月共蒼蒼
唐　傳聲莫閉黃金屋　好促朝珂入未央

第十四齣　伏戎

【賀聖朝】（淨扮檀蘿王赤臉丑扮太子引外雜執旗上）大地非常變化成團占住檀蘿黃頭赤腳瘦挼莎牛鬬看成兩下（草昧成中國城池隔外邊豈無刀畫地仍有氣沖天自家乃槐安國東檀蘿國主是也我國東盡白檀西連紫蘿子孫分九溪八洞門戶有百孔千窗滕許同朝山有木而誰能爭長檀一火天有

時而豈可鑽先止因他是玄駒啫形赤駁遂分中外致有高低恃他如赤象之雄覷我如黍米之細近日得他文書於槐安國上加了一箇大字好不小覷人也隔江是他南柯郡地方魚米不免聚集部落搶殺一番〈衆演介〉

〈豹子令〉同是蟻兒（直出不韻）能大多分土分兵等一窩欺負俺國小空虛少糧食不知俺穿營驀澗走如梭〈合〉安排箇箇似嘍囉

〈前腔〉隔江西畔有一郡南柯他聚積的羶香可奈何

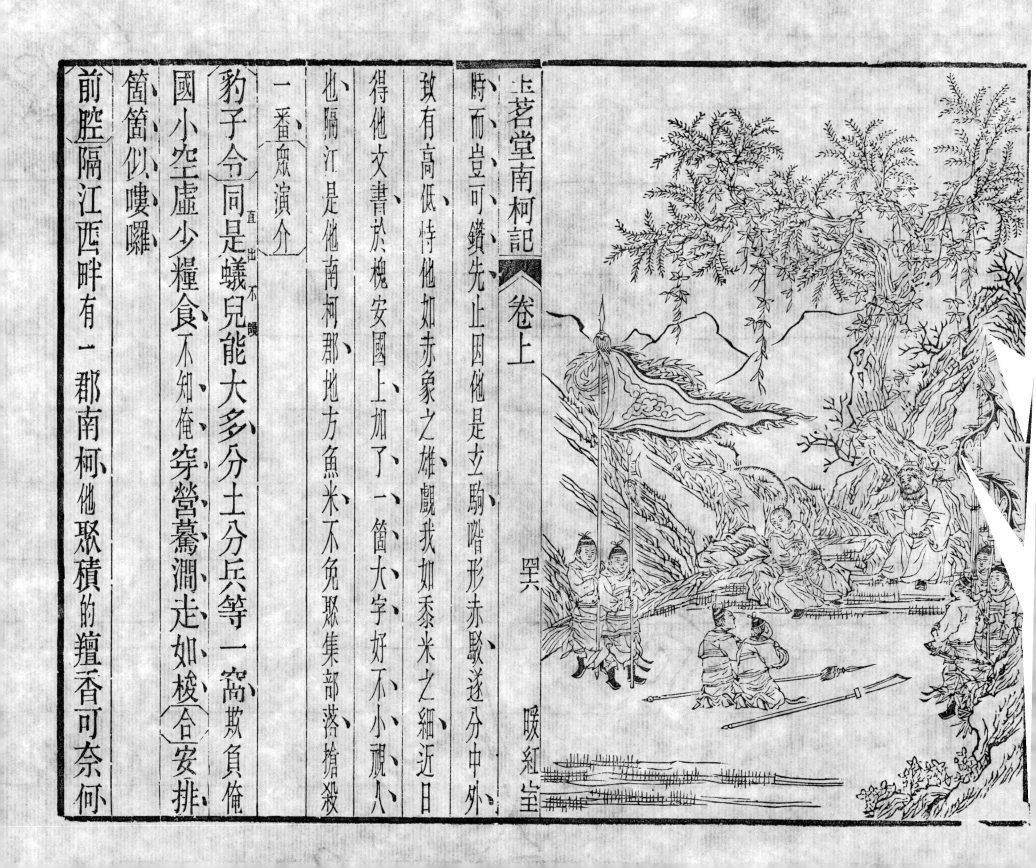

總評此正所謂蟻鬭也而病者以爲牛矣

輕描暗寫

臧曰看尺土拳山寸人豆馬一樣打鬭花鳥此等語

要那槐安安不的俺征西旗上也寫著箇大檀蘿（合）

〔前〕地接羅施鬼　人稱藤甲兵

南柯堪一葦　同去覓膻腥

第十五齣　侍獵

寶鼎現（王引老旦一貼持節上）綠槐風小正絳臺清暇日華低照巧江山略似人間立草昧暗憑天道（生同右相上）且喜君臣遊宴趁南郡偶然邊報（合）看尺土拳山寸人豆馬一樣打鬭花鳥（見介）（王）玉樓春（王）吳頭

猶是曲中佳境

夢鳳按登竈獨深居本誤

登龜此蟻史也

梦尾吾家國臺殿玲瓏。秋瑟瑟。〔生〕萬年枝上最聲多。報道早寒清露滴。〔右〕日高風細鑪烟直。洞壑朝天天咫尺。〔周〕田引丑搽旦、旦雜執旗槍上〔合〕咱邦蟻伏盡無虞。惟有檀蘿費裁劃。〔王〕昨日覽奏、檀蘿侵擾南柯郡界、國久無事、人不知兵、右相欲請寡人畋獵龜山以講武事、不知本朝先世曾有征戰之事乎、〔右〕有祖宗朝的故事、漢乾封元年、曾在河內人家、千人萬馬、從朝至暮而往來、晉太元中、曾在桓謙之家、披甲持槊、沿几登竈而飲食、元魏天安元年、在兗州、赤黑相鬬、赤者斷頭而死、東魏武定四年、在鄴都、黃黑交戰、黃者班師而薨、此吾國征伐之故事也、〔王〕先朝可有畋獵之事乎、〔右〕南齊朝、曾在徐玄之家、武士數千、縱橫於花氈之上、不止火獵、兼之水嬉、網罟數百、釣於硯山之池、獲魚數百千頭、此我國畋獵之故事也、〔王〕獵於龜山者何也、〔右〕天上星宿、龜爲玄武、以此國家講武、應向龜山、〔王〕右相言之有理、陪從官員可以齊備、〔生〕臣著司隸校尉臣周弁、掌武處士臣田子華掌文、臣棼與右相段功護駕、〔王〕這等就此駕行、〔行介〕

夢鳳按獨深居本題作好事近茲從葉譜

【泣顏回】【王】遊踐海西郊、擺鸞輿天開黃道、【右】陣旗花鳥閃開了獸喧禽噪、【生】連天金鼓山川草木驚飛跳、揀良時奏旨施行圍子內聽號頭高叫、【到介】【王】此所謂龜山平上隆法天下平法地背有盤文以法星宿昔人九月登龜伐黿良有以也且是豐草茂林禽多獸廣長揚上林可以方矣分付六軍大煞手打圍、【衆應介】領旨、【擂鼓殺介】射作擒虎介【射雁介】

【千秋歲】展弓刀、便有翅飛難道、看紛紛驚彈飛礮地網天牢、地網天牢、索纏著掘海爬山神道接著的剽

蹋著的擣、騎和步橫又直抄、【衆喊介】拏側穿山甲、【王】大笑介此俺國世仇也【衆】任你穿山攬這風毛雨血天數難逃、【田】處士田子華文墨小臣躬逢盛典謹撰大槐安國龜山大獵賦奏上、【王】奏來【田跪念介】幽哉大槐安之爲國也前衿龍嶺後枕龜山龜山者玄武之精也西望則有西王母之龜峯焉東顧則有東諸侯之龜蒙焉爾其爲山也其上穹窿其中空同形如巴邛之蜕骨勢似鼇山之頂蓬草木生其背禽獸穴其胸文有河洛之數武有介胄之容駙馬都尉臣

獨深居本云酷似先秦

滄于㕘右丞相臣段功等仰首歎曰丕休哉龜山鬱鬱葱葱吾王不遊虎兕出於柙外今日不樂龜玉毀於櫝中君王感焉武功其同是月也涼風至草木隕鷹擊鳥豺祭獸君王乃冠通天之冠被玄衮之袍佩于將登華芝雨師灑道風伯清塵因是以左戍侯右滄侯率其蟻附之屬若大若小紛紛蟄蟄乘玄駒而綴步趨者殆以萬計金鼓震天旌旗耀日雷礮霜刀風馳雨畢周圓而陣於七十二鑽之上時至令起人喧物華挂飛猿跳長蛇碎熊掌糜象牙㔶豹女䠞犀

花髓天雞腦神鵶至如雉兔數萬他他藉藉君王未之顧也最後得一甲獸蓋鯪鯉云帶穿山之甲露浮水之觜舐啖至毒不可勝紀穴於山腹火而獻之君王欣然仰天而嘻曰龜山有靈此其當之矣寡人鄙小其敢朵頤蓋茲山以土石爲玄殼以草樹爲緑毛今此之獵盡矣乃遂收旗割鮮鳴鐘舉酒凱歌而旋既醉既飽微臣援簡作頌獻於座右頌曰隆隆龜山龍岡所蔽玄玄我王卜獵斯至非虎非羆曰雨曰霽服猛示武遺聰去智顯以龜山卜年卜世螻蟻微臣

獨深居本云好大規模

夢鳳按獨深居本看下有這字

獨深居本云越恁好自有

願王千歲千千歲。〔王大笑介〕妙哉賦也、昔漢武皇見司馬相如子虛賦、歎恨不得與他同時、今寡人與子同時、幸哉、

〔好事近〕〔泣顏回〕一聲驚破紫霞毫。賦就上林分曉。堂堂一貌。好箇田郎京兆。〔刷子序〕飄飄淩雲氣色。爭高駙馬這田子華才子之文、不可泯滅、可雕刻在金鑲玉板之上、顯的俺國中有人、添故事與龜山榮耀。〔普天樂〕賞他何官則好笑。子虛烏有。寡人得侍同朝。右侯、今月之獵樂乎、〔右〕今日以南柯有警、講武茲山。非樂也。臣

已於國史之上書了一行。〔王〕怎麼書、〔右〕大槐安國義成元年秋八月。大獵於龜山。講武事也。〔王〕這等可傳旨再講武一番、〔衆應介〕〔領旨〕〔鼓吹演介〕〔穿花介〕

〔千秋歲〕演龍韜、把猛獸似誅強暴、密札札做勢兒圍繞、〔演介〕一點旗搖看、一點旗搖、齊聲殺上、休教流落鈀兒罩、鎗兒照、前頭跳、後頭撲、著就裏把兵機討、看臂鷹老手、汗馬功勞、〔王傳旨衆軍罷獵回朝、衆應介〕領旨、〔鼓吹介〕

〔越恁好〕大打圍歸去、打圍歸去、畢崩崩鼓細蔵迸鉦

古調此無來歷又恐犯別調一名走山畫眉

夢鳳按玉簫樹梢二句照譜本是疊句均爲增補

獨深居本云樹梢句應疊唱

鉦點鐃、齊悉索齊鑊鐸、啣喳喳玉簫、啣喳喳玉簫閒著匹喇喇笛聲兒嚌嘈嘈哄嘹、翦茸茸翠梢齊臻臻馬道兒立著隊梢、匼纓繳撒袋兒搖、一箇箇把歸鞭裊裊順西風揚疾、馬上調笑、【傳旨趲行介】

【前腔】灑風塵故道、風塵故道、呆哈哈狻獸挑、喘吁吁想逃狗兒截、鷹兒套、窣泠泠樹梢、窣泠泠樹梢、醮著濕淥淥獸巢兒、暫蕭條這遭、鬧炒炒氣淘、打孩孩順哨兒前喝後邀、觀禽貌揣獸膘、猛說山川小、有這些殺獲不算窮暴、【右奏知俺王已到都門了、】

【紅繡鞋】聽諸軍肅靜囉唣、囉唣、賀君王多得腥臊、腥臊有分例、大賞犒、毛赤剝、肉生燒、沾老小、祭鎗刀、

【尾聲】倚長空、秋色、打圍高、暗藏著、觀兵演哨、【衆】願萬萬歲龜山鎮國寶、【王】國家大閱禮成、駙馬中宮留宴、右相可陪衆國公王親以下、賜宴槐角樓、商議南柯一事、【衆應介】

曾濟齊師學陣圖。　千人萬馬出郊墟。
吾王所饌能多少。　一獵歸來滿後車。

總評功業文章人都以爲不朽達人視之不止蟻窟裏事可發大笑

第十六齣　得翁

蘄山溪（生旦同上）（生）人間此處有得神仙住。春色錦
桃源。早流入秋光殿宇。（旦）細腰輕展。漸覺水遊魚嬌
波瀲灩。橫眉宇。翠壓巫山雨。阮郎歸（生）藕絲吹輭碧
羅衣。縷金香穗飛。（旦）綠窗槐影翠依微。出花宮漏遲。
（生）穿玉境。侍瑤姬。微生遭際奇。（旦）駙馬呵。和你歡
多怕忘卻早朝時。歸來人畫眉。駙馬到此月餘。情義
日深。榮華日盛。出入車服。賓御遊宴。次於王者。意亦
可矣。然竊觀駙馬常有蹙眉之意。如聞嗟嘖之聲。含
愁不語。卻是爲何。（生）小生落魄多年。榮華一旦。不說
傾宮羅綺。盡世膏粱。且說貴主嬌姿。儘我受用。有何
不足。致動尊懷。所以然者。遇貴主有天上之樂。想亡
親有地下之悲耳。（旦）這等公婆前過幾年了。（生）婆婆
葬在家山禪智橋邊好墓田。則你公公可憐也。（旦）駙
馬試說其情。
白練序（生）心中事。待說向妝臺。自歎吁。吾先父爲將
佐。邊頭失誤。（旦）原來老老爺用兵失利。可得生還。（生
歎介）身歿。（旦）歿在何地。（生）他歿在胡。（旦）幾年上有音
信。（生）可十數年來。無寄書。近來卻是古怪。（旦）怎的來。

生前日成親、蒙千歲親口分付、係俺父親之命、那時
好不疑惑、旦便好問俺父王所在了、生以前未敢造
次、直待龜山罷獵、留宴內庭、纔敢動問、千歲既知臣
父親所在、臣請敬往問安、那時千歲勞口應說親家
翁職守北土、音問不絕、卿但具書相問、未可便去、公
主呵、何緣故教人平白地暗生疑慮、
醉太平旦聽語、你少年孤露、這遇妻之所、捨得親父、
生泣介知他北土怎的、旦既然守土、知他那裏歡娛、
生又泣介俺待稟過公主、辭去北土、打聽父親消息、

旦模糊、那胡沙如夢、杳如無。不明白、怎尋歸路、生待（闢○語）
俺再奏過千歲、分明而去、旦他眼前兒女幾日成親。
便教卿去。
白練序生難圖。怎教他在北土、天寒草枯、似俺這淘
府、比他何如、旦且依父王旨、先寄問安書、生躊躇空
寄書、旦寄些禮物去、生泣介要報陽春寸草無、旦這
等怎好、生賢公主、似這般有子、等如無物、旦背介
醉太平真苦、他身爲贅婿、要高堂禮節、內家區處、回
介駙馬、想起來你在俺國中、豈可空書問候、奴家早

旦做下長生韈一雙、福壽鞋一對、可同書寄去、生這等生受了、旦些微鍼指也、見俺一房兒婦、生有誰將去、旦你修書、俺依然送與父王知、便千里一時將去、生這等俺卻刻封了書、禮祇須公主入宮轉達下情、旦使得、奴便與、繫書胡雁、怎教駙馬不報慈烏。旦還有一件、請問駙馬你如今可想做甚麼樣官兒、生俺酣蕩之人、不習政務、旦卿但應承、妾當贊相、

尾聲 俺入宮闈取禮、和你送家書。見父王求一新除、生這等做老婆官了、旦便做老婆官有甚麼、辱沒你、

夢鳳按獨深居本甚麼下無樣字

獨深居本云可發一噱

夢鳳按柳浪館本汲古閣本無這字獨深居本無這字今照葉譜仍以這字作襯

總評可笑段生難道這于遂不能爲螻蟻先驅

右相謀國甚忠凡爲相者不可有愧此蟻也

這、這、這、這湻于家七代祖。

驥子書猶隔。鸞儔鏡乍輝。

綠槐無限好。能借一枝棲。

第十七齣 議守

繞池遊 右相上 金章紫綬。獨步三台宿。正朝下日移花甃。看簪髮絲稠。帶腰圍瘦。無非爲國機謀。平明登紫閣。日宴下彤闈。未奉君王召。高槐晝掩扉。自家右相武成侯段功、忝掌朝綱、留心邊計、昨因檀蘿數爲邊患、我主賜宴槐角樓、與一眾科道商議、奏選南柯

總評癡子今世上祇你一箇老婆官麽

太守未知意屬何人紫衣官早到也（紫衣上）晝漏希傳高閣報君顏有喜近臣知（見介）段老先生早朝辛苦（右）恰待文書房相問奏補南柯郡太守一事旨意可下了（紫）右侯不得知恰好此本上去正直公主入宮一來替駙馬寄書令尊二來替駙馬求官外郡則怕就點了南柯之缺也未可知（右）這卻難道

剔銀燈（右）論南柯跨踞雄州近檀蘿要習邊籌那淯于貴婿性豪杯酒怎生任得邊州之守（合）許否心中暗憂宮庭事又難執奏

前腔（紫）論朝綱須問君侯大地方有得干求則一件君侯疏不間親了他與玉人金屋並肩交肘怎佩不得黃金如斗（合前）（右）許他也索罷了則怕此君權盛之後於國反爲不便且自由他 忠謀

欲除新太守　不少舊英豪
且順君王意　相看兒女曹

第十八齣 拜郡

西江月（生上）本自將門爲將偶來王國扶王風流偏打內家香更有甚中情未講（集唐）秦地吹簫女盈盈

在紫微、可中纔望見花月倚門歸、幾日前公主入宮、一來寄書禮於家尊、二來替我求一官職、這晚近一路紗燈、公主到來也、

〔前腔〕〔旦引搽旦扮女官提燈貼捧書上〕幾夜宮闈宴賞、爹娘愛惜瑤芳、月高燈火照成行、款蹙金蓮步障

〔見介〕〔生〕公主入宮數晚、小生殊覺淒涼、書奉家尊可曾寄去、〔旦〕聽道來、

〔玉胞肚〕將書傳上、父王言禮儀合當、即時間人往邊鄉、臨付與叮嚀停當、〔生〕怕回書遲慢、〔旦〕粗將孝意表

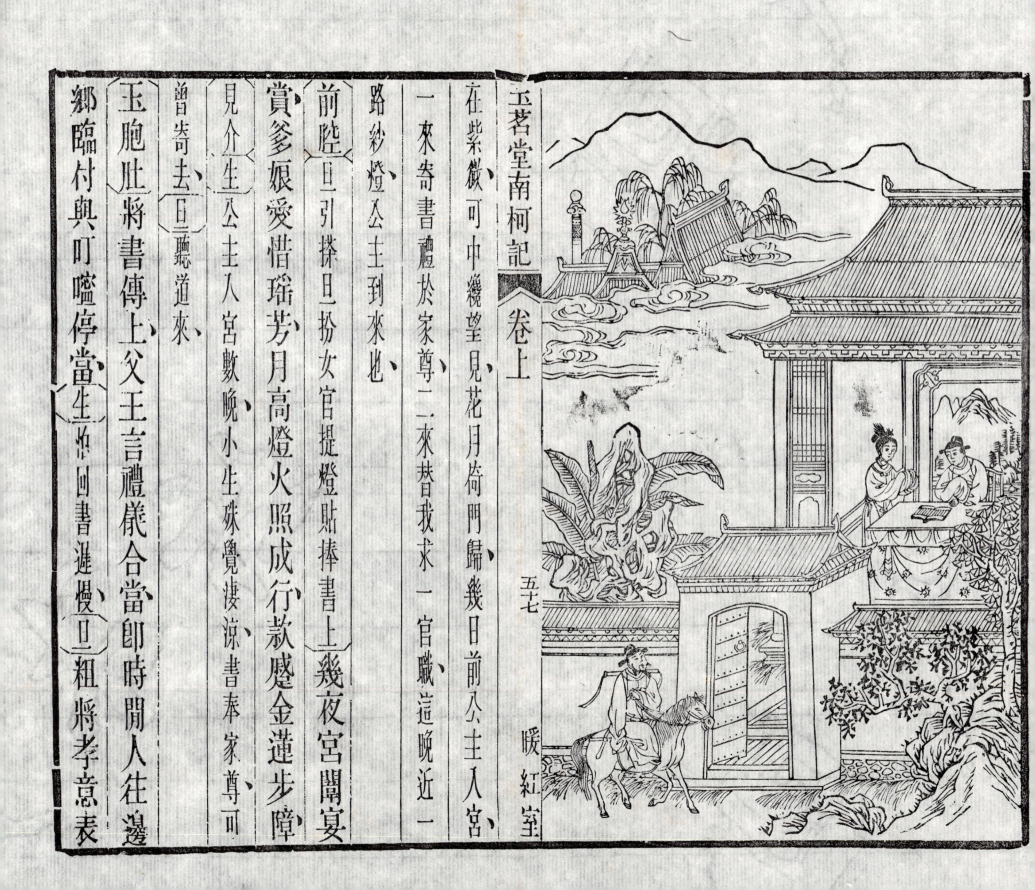

誰人不到此地獨一湻于氏之父乎

高堂但取平安要怎忙、（丑扮小軍上）爲人莫做軍。做軍多苦辛。俺小軍從北邊來、取了駙馬老爺平安書。不免投上、（見叩頭介）小人北邊送書禮老爺十二分歡喜、回書呈上、（生驚喜介）起來、起來、真箇有了回書、我的親爹呵、（捧讀開看介）平安報付男湻于棼、呀、八箇字、分明老父手筆、（旦）你且念書奴家聽、（生念）書（介）伏承大槐安國王前。不欲汝尙主。得書履歎。知盛典成就。加以貴主有禮。喜慰發狂。別近廿載。朝夕憶念。兒以槐序備國肺腑。百宜周慎。頗憶平生親戚

里閭存亡。餘幾宜詳。再信助展。迢遞欲往。觀兒奈彼此路道乖違。風烟阻絕。父不見子。抱恨重深。汝且無便來觀。歲在丁丑。當與汝相見。（生拍書痛哭介）俺的爹、相去十七八年。祇道故了。何意今朝重見平安書跡。居然如存。不能勾往見他。要兒子何用也。（哭倒旦扶介）駙馬、休得過傷、

臧曰此出本傳

獨深居本云夢境

獨深居本云用歇後韻不佳

前腔（生）端然無恙、如昔年教誨、不忘問親鄰、興廢存亡、敘風烟悲楚哀傷、（旦）約丁丑年相見、好了、（生）知他後會可能、相怎得溫衾扇枕牀、

粉蝶兒紫衣官捧詔旨上詔選黃堂、捧到秦樓開放、令旨已到、跪聽宣讀、詔曰、昔稱華國、左戚右賢、文武並茂、吾南柯郡政事不理、太守廢黜、欲藉卿才、可屈就之、便與小女同生、欽哉、謝恩、生旦起介紫見叩頭介恭喜公主駙馬、黃堂之尊了、千歲還有別旨、

玉抱肚吽有司停當。把太守行裝備詳。掌離珠感動娘娘、出傾宮錦繡籢房、旦還有、衆車騎僕妾都列在廣衢傍、鸞駕親身餞遠行、生喜介

前腔敢前希望、憶年時醉遊俠塲、普人間没俺東牀、

湊南柯、飲著瓊漿、合這是有緣千里、路頭長富貴榮華在此方、

尾聲紫從來尙主有輝光、你整朝衣五鼓朝廊、謝恩了辭朝做一事講、衆下生多謝公主擡舉、有此地方、旦惶愧、惶愧、生還要請教南柯大郡、難以獨理、加以小生素性酣放、意下要奏請田子華周弁二人同與郡政、何如、旦但憑尊裁、

新命守南柯、恩光附女蘿、
明朝有封事、數問夜如何、

總評周知老逗于久歸蝶、蟻之鄉矣

第十九齣　薦佐

【生查子】（紫衣引隊子上）一掌瞰宮墀、洞府晨光露、萬點正奔趨、徧起了朱門戶、（衆）將軍上殿、俺大槐安國今日駙馬辭朝、各官在此候駕、

【前腔】（生朝服捧表上）槐殿隱香鑪、禁幄承恩處、五馬更踟躕、御道裏開賢路、（紫）駙馬請上御道、（生跪介）新除南柯郡太守駙馬都尉臣淳于棼謝恩、即日之任、敢此辭朝、（生三叩俯伏介）（紫）駙馬謝恩表就此披宣、（生）臣此表章不止謝恩寵兼之舉薦賢才、伏望俺王

聽啟、

【桂枝香】念臣將門餘子、素無材術、誠恐有敗朝章、至此心慚覆餗、待廣求賢士、廣求賢士、備臣官屬、與臣咨助、（紫）駙馬所薦何人、（生）伏見司隸潁川周弁忠亮剛直、有毗佐之器、處士馮翊田子華清慎通變、達政化之源、二人與臣有十年之舊、備知才用、可託政事、周弁請署南柯郡司憲、田子華請署南柯郡司農、庶使臣政績有聞、憲章無紊、念臣愚願、得從銓補南柯治有餘、（紫）駙馬起候旨、（生起介）想令旨必然俯從、咱

總評衆蟻之中此三人耳痒人痒人

司隸、田秀才有此遭際也、（內）令旨到、駙馬薦賢為國、
寡人嘉悅、依奏施行、（生叩頭呼千歲起介）
神𠊱兒（周田上）蒙恩點注、蒙恩點注南柯太府、淯郎
推舉、俵司憲司農前去、來闕下、叫山呼、（跪介）新除南
柯郡司憲前司隸臣周弁新除南柯郡司農處士臣
田子華、叩頭謝恩、（叩頭呼千歲起介）（相見介）（生）二君
恭喜了、（周田）謝堂翁擡舉之恩、（衆）駙馬便當起、程國
王國母早已闕南有餞、
集　濯龍門外主家親。半歲遷騰依虎臣。
玉茗堂南柯記　卷上　　　卆　　暖紅室
唐　卻羨二龍同漢代。出門俱是看花人。
第二十齣　御餞
（二紫衣官上）玉樓銀榜枕嚴城。翠蓋紅旗列禁廷。二
聖忽排鸞輅出。雙仙正下鳳樓迎。今日國王國母、餞
送駙馬公主之任南柯、鸞輿早到、
傳言玉女（王同老旦引搽旦扮內官丑扮宮娥上）玉
洞烟霞。一道晴光如畫。回首鳳城宮院。見琉璃碧瓦。
（衆）宮娥侍長。牛插貂蟬隨駕。（合）送一對于飛鳳嬌鸞
姹。（紫見介）千歲千千歲、（王）筵宴齊備麼、（紫）俱已齊備、（王）

已教有司備辦太守行李、紫行李整齊、宮娥娘娘傳旨房籢金玉錦繡車馬人從都要列於通衢之上許萬民縱觀、紫知道、

疏影生旦引末扮內官貼扮宮女同上冠裳俊雅。正瑶臺鏡裏鳳妝濃。乍旦好夢分明素情嬌怯慢引香車隨馬。紫催介君王國母親臨餞快疾著綠槐幢下合真乃是夫貴妻榮一對堪描堪畫、紫報介駙馬公主見、生旦俯伏介微臣夫婦沾恩遠勞聖駕無任誠歡誠忭誠惶誠恐、王本不忍處卿於外南柯有卿免

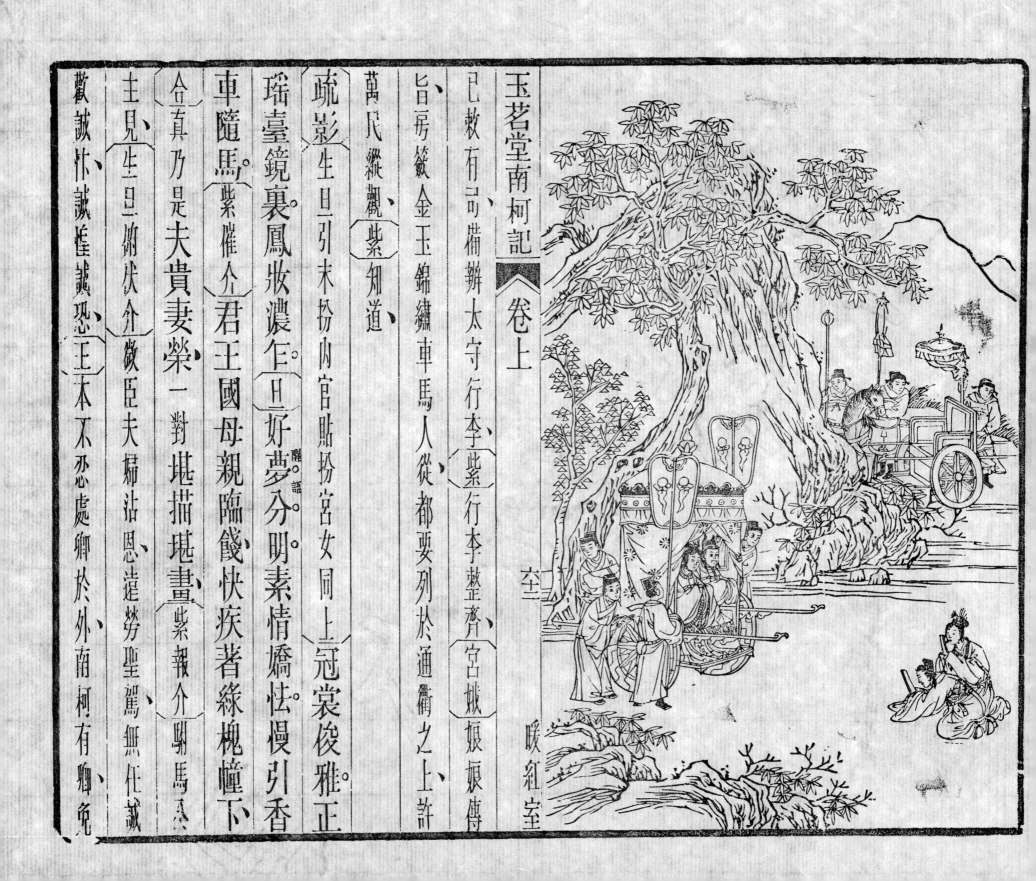

寡人南顧之憂耳、老旦泣介俺的公主兒、遠行苦也、旦作對泣介俺的親娘呵、王在家爲公主、出嫁爲郡君、有何所苦而泣乎、生旦叩頭介微臣忝受鴻私、願大王國母千歲千歲千千歲、王願汝夫婦同之、生旦進酒介

畫眉序王晴拂御溝花、祖道城南動杯斝、儘關南一面、借卿彈壓、老旦憑仗你半壁門楣、看覷俺一分天下、合南柯太守風流煞、一路裏威儀瀟灑、老旦公主呵、今日南柯便是你家了、俺宮中寶藏盡作賠嫁、你看通國之上呵、

前腔雲樹玉交花、日影光輝度、塵鋍但閨房所要、盡情相把擺、天街色色珍奇、出關外盈盈車馬、合前

前腔生平地折宮花、大郡猥當、歎才乏、便尋常餞送、敢煩鸞駕、祝太山、太水、千秋、喜治國、治家、一法、合前

前腔旦生小正嬌花、酬謝東風、許花發、但隨夫之任、賜妝如嫁、因夫主、占了兒家、爲郡君將離膝下、合前

生旦跪介微臣何德、煩動至尊、敢問南柯以何而治、

王南柯、國之大郡、土地豐穰、民物豪盛、非恵政不能

臧曰看乘龍以下等句不減元人

治之、況有周田二卿贊治、卿其勉之、以副國念、【生叩
頭介】微臣謹遵王命、【老旦】公主行矣、聽母親一言、淳
于郎、性剛好酒、加之少年、爲婦之道、貴乎柔順、爾善
事之、吾無憂矣、南柯雖封境不遥、晨昏有問、今日睽
別、盥不沾巾、【老旦同旦泣介】【旦】謹領慈命、【拜別介】
【滴溜子】【王】南柯郡、南柯郡、弗嫌低亞、公案上、公案上
酒杯放下、有腳的陽春五馬、休祇管戀著衙長放假、
他那裏地方人物稠雜、傳旨鼓吹旗幟、送過長亭、【行
介】

【鮑老催】【衆】街衢閙雜、街衢閙雜、鸞輿直送仙郎發、秦
簫吹徹鸞同跨、看乘龍乘的是五花馬、君王駙馬多
歡哈、真則娘娘公主悽惶煞、留不住雙頭踏、【衆】千歲爺、
過長亭了、【王】終須一別、駙馬公主勉之、【生旦俯伏介】
微臣夫婦不敢有忘、願我王娘娘千歲千千歲、千千歲、
【生旦下】【王】傳旨回宮、
【雙聲子】【衆】力力喇、力力喇、都是些人和馬、嚌嚌咋、嚌
嚌咋、兩下裏吹和打、嘻嘻哈哈、嘻嘻哈哈、去了價、去了價、
向槐陰路轉數點宮鴉

【尾聲】看他們時至宣風化一鞭行色透京華似這樣夫妻人世上寡

集　雙鳳銜書次第飛　駸駸羽騎歷城池
唐　瓊簫暫下鈞天樂　今日河南勝昔時

第二十一齣　錄攝

【字字雙】丑扮府幕錄事官上爲官衹是賭身强板障文書批點不成行混帳權官掌印坐黃堂旺相勾他紙贖與錢糧一搶自家南柯郡幕錄事官是也闕下正堂小子權時署印日高三丈還不見六房站班可

夢鳳按柳浪館本與汲古閣本竹林堂本均作好箇雞兒雞兒獨深居本作好箇雞雞兒今從臧本作好一箇雞兒

嘗聞宋板大明律這板又在宋以前了夢鳳按獨深居本作嘗聞宋板大明律此又在宋以前了雖插科打諢不可不可云云與此畧增改耳

惡、可惡、

【前腔】淨扮吏上山妻叫俺外郎郎、猾浪吏巾兒糊得翅幫幫、官樣飛天過海幾椿椿鑾放下鄉油得嘴光光揖介銷曠、丑惱介咄、幾時不上公堂望搖搖擺擺來銷曠、莫非欺負俺老權官教你乞拷在眉毛上吏曉介恩官與頭忒莽撞百事該房識方向、作送雞介下鄉袖得小雞公送與恩官五更唱、丑好一箇雞兒、吏聽得老爺好睡覺、出堂忒遲因此告狀的候久都散了、小的想起來、老爺寸金日子不可錯過小的下鄉撈的兩隻小雞母的宰了公的送爺報曉一日之

計全在於寅、丑有意思、有意思、我的都公請起、丑跪扶吏起介我從來衙裏沒有本大明律可要他不要、吏可有可無、丑問詞訟可要銀子不要、吏可有可無要。妙。丑惱介不要銀子做官麼吏爺既要銀子怎不買本大明律看書底有黃金、丑且扮京報子上見介飛報送上、丑看報介右相府一本南柯缺官事奉令旨駙馬滔于棼有點、呀新官到了、寸金日子丢在那裏、外執旗報介駙馬爺馬牌到、丑叫各房打點迎接、吏部

此等雖戲謔實從經歷得來若書生何以知此

臧曰此折多傷時語至謂太爺長一丈八寸所不解

獨深居本云傷時

有舊規、【丑】舊規不同、要起駙馬府、公主殿、要珍珠轎、銷金傘、女戸扛抬、【吏】小的知道、如今事體迫了、爺兩隻手標票兒纔好、【丑】作兩手標票介【吏】一票叫吏房知會官吏、一票戸房支放錢糧、一票兵房差點吹手皂快轎馬勘合、一票禮房知會生儒耆老僧道、又要幾箇尖嘴的教坊、【丑】要他怎的、【吏】會吹、一票刑房查點囚簿、解送刑具、一票工房修理府第家火、第一要箇馬子幾香、【丑】這緩得此二、【吏】奶奶下了轎、滿地跳、一票架閣庫整頓卷宗交代、一票承發科寫理腳色憲

綱、一票雜辦吏鋪氈結綵、一票帶辦吏送心紅紙張、一票各馬驛下程中火、一票各社總選門子、要一丈二尺長、【丑】太長了、【吏】新太爺還長一丈八、一票娘娘廟借珍珠八角轎傘、一票表子鋪借鋪陳脂粉馨香、【丑】這箇使不得、要星夜製造纔是、

亭前柳此郡鎮南方、前任總尋常、緣何差駙馬、甚樣有輝光、【合】憲綱前件、開停當、分付該房須急切、要端詳、

前腔【吏】珠翠縷金裝、怕沒現錢糧、【丑】沒錢、糧、有處。因

批曰此折多整語終非行家所尚詞家富貴讀之可助寒儉光華獨深居本云全折菁華可以藥儉療貧

公𠁀科派事後再商量。合前

權官纔打劫　正官便交攝、

支分各色人　遠遠去迎接

第二十二齣　之郡

集唐宋小生扮將官執刀貼搽旦執符節外雜執旗上結束征車換黑貂、行人芳草馬聲嬌、紫雲新苑移花處。洞裏神仙碧玉簫。請了、俺門駕上差來護送公主駙馬爺南柯赴任去、迤邐數程、公主駙馬起早也、

滿庭芳生旦引隊子上生紫陌塵閑。畫橋風淺。鸞旗

影動星躔。【旦】朝雲濃淡行色。映花鈿。爲問夕陽亭餞。
下鸞輿慘動離筵。【合】關南路春暉綠草。何日再朝天。

【木蘭花令】【生】宮花欲喚流鶯住。恰是南柯遷徙處。繡簾嬌馬出都城。寶蓋斜盤金鳳縷。【旦】華年得意頻相顧。笑問卿卿來幾許。綠槐風輭度行雲。回首沁園東畔路。【生】公主自拜辭了君王國母、不覺數程、此去南柯相近了、左右趲行、【行介】

【甘州歌】【八聲甘州】【旦】宮闈別餞、擺五花頭踏、迤邐而前、【生】都人凝望、十里繡簾高捲、四方宦遊誰得選。一對夫妻儼若仙。【排歌】【衆合】青袍舊。綠鬢鮮。大槐宮裏著貂蟬。香車進。寶馬連。一時攜手笑嫣然。【淨扮官吏上】投批【介】南柯郡錄事差官吏投批、迎接爺爺、【生】取看介發批迴前去伺候、【官吏起應介下】

【前腔】【生】宮花壓帽偏。問有何能德。紫綬腰懸。【旦合】玉樓人並、翠蓋綠油輕展、指揮風景遲、去輦爲惜流光嬾下鞭、【合】攜琴瑟、坐錦韉、一條官路直如弦。遊春樣。盡世緣。秦樓簫史弄雲烟。【衆稟】爺南柯郡界了、【丑上】跪介南柯郡錄事參軍迎接老大人、【生】遠遶勞了、【丑】不

此國人民如蟻

孩、有新轎纖兵衛男女轎夫齊跕下班迎接、生知道了、就回、丑應下 内 合郡官吏迎接爺爺 生 起去伺候 内 生儒迎接老大人、生 請起郡中相見 應介 内 僧道耆老迎接爺爺、生 都起去 内 教坊女樂們迎接爺爺 生 趲行 衆妓鼓吹引介

前腔 鸞鈴動、翠鈿看滿前旗影、冠佩翩聯、爭來迎跪、陌上紅塵深淺、邦君夫人鸞鳳侶、父老兒童竹馬年。合 軍民鬧、士女諠。妓衣時雜紫衣禪、彈箏覷擊鼓傳。錦車催、怕日華偏。生 遠遠望見如烟如霧、鬱鬱葱葱

者是何地方 衆 十里之近南柯郡城、生 公主真好一座城臺、

前腔 遥遥十里、前見葱葱佳氣。非霧非烟、雉飛鸞舞、臺觀疊來蒼遠、似蘭亭、景幽園、翠嶺春澈、泉鳴浸玉田。合 山如畫、水似纏、自憐難見此山川。重門擁旌旆、懸玉樓金榜洞中天。内 燈籠接上介 衆 稟太爺進城 生 今夕公館休息、五鼓陞任、

尾聲 悶紗燈一道星毬轉、曜街衢聚戟森然。公主、生 和你且把下馬公堂笑鋪展。

總評昔聞蟭蟟一枝今又見螻蟻一枝矣

露晃新承明主恩。山城別是武陵源。

笙歌錦繡雲霄裏。南北東西拱至尊。

玉茗堂南柯記卷上終